LEKTÜRE
HILFE

Die drei
Musketiere

Alexandre Dumas

LEKTÜRE HILFE

Die drei Musketiere

Alexandre Dumas

Verfasst von Mélanie Ackerman
und Lucile Lhoste

Übersetzt von Julia Buchrieser

DER QUERLESER

DER QUERLESER

Auf derQuerleser.de findest Du:
Zahlreiche verständliche und detaillierte Lektürehilfen in Nullkommanichts in digitaler Version oder als Taschenbuch.

ALEXANDRE DUMAS   9

DIE DREI MUSKETIERE   13

INHALTSANGABE   19

Kapitel I – IX
Kapitel XI – XIX
Kapitel XX – XXIV
Kapitel XXV – XXXII
Kapitel XXXIII – XL
Kapitel XLI – LXVI
Kapitel XLVII – LVIII
Kapitel LIX
Kapitel LX – LXII
Kapitel LXIII – LXIV
Kapitel LXV – LXVII
Epilog

PERSONENANALYSE   27

D'Artagnan
Athos
Aramis
Porthos
Mylady
Constance Bonacieux

INTERPRETATION   37

Der Feuilletonroman
Ein Werk zwischen mehreren Genres
Publikations- und Rezeptionskontext des Werkes

ZUM NACHDENKEN   55

DARÜBER HINAUS   59

ALEXANDRE DUMAS

FRANZÖSISCHER SCHRIFTSTELLER

- **Geboren 1802 in Villers-Cotterêts**
- **Gestorben 1870 in Puys**
- **Einige seiner Werke:**
  - *Paulina* (1838), Roman
  - *Die drei Musketiere* (1844), Roman
  - *Der Graf von Monte Christo* (1844-1845), Roman

Alexandre Dumas, der oft auch „der Ältere" genannt wird, um ihn von seinem Sohn zu unterscheiden, ist ein französischer Schriftsteller, der nahe der Romantik anzusiedeln ist. Er stammt von einem afro-antillischen General ab und begann schon früh zu arbeiten, bevor er seine ersten Werke schrieb.

Dumas Stücke und historische Dramen wurden schnell erfolgreich. Er schrieb daher eine enorme Fülle an Werken, unter ihnen *Henri III et sa cour* (Heinrich III. und sein Hof – 1829) und *Kean ou Désordre et Génie* (Kean oder Chaos *und Genie* – 1836). Aber es sind vor allem seine Historienromane, die ihn unsterblich machen – die Trilogie der *Drei Musketiere* oder *Der Graf von Monte Christo*.

DIE DREI MUSKETIERE

DIE REISE EINES BERÜHMT GEWORDENEN MUSKETIERS

- **Textgattung:** Roman
- **Herangezogene Ausgabe:** *Die drei Musketiere.* Aus dem Französischen von A. Zoller. Deutscher Taschenbuch Verlag: München 2002.
- **Erstausgabe:** 1844
- **Themen:** Gefängnis, Flucht, Rache, Ungerechtigkeit, Abenteuer, Loyalität

Die drei Musketiere ist das bekannteste Werk von Alexandre Dumas. Es wurde in Form eines Feuilletonromans erstmals 1844 in einer Zeitung veröffentlicht und ist der erste Teil einer Trilogie. In diesem Band verfolgt die Leserschaft die Entwicklung von d'Artagnan, einem jungen Kadetten aus der Gascogne, der nach Paris kommt, um Mitglied der Musketiere des Königs zu werden.

Der Roman wurde ein Riesenerfolg: Die Auflagenzahlen der Zeitung stiegen nach der Publikation des Werks und die Geschichte wurde eigenständig veröffentlicht.

INHALTSANGABE

KAPITEL I – IX

D'Artagnan, ein junger Mann aus der Gascogne, kommt 1625 nach Paris und taucht in eine völlig neue Welt ein. Der Beginn wird ihm jedoch nicht leicht gemacht: Er wird von Rochefort, einem Grafen, der für Kardinal Richelieu (Prälat und französischer Staatsmann, 1595-1642) arbeitet, gedemütigt. Rochefort stiehlt ihm sein Empfehlungsschreiben, das er für den Eintritt in die Musketiersgarde braucht. Auch Mylady, die ebenfalls für Richelieu arbeitet, wohnt dieser Szene bei. Zu diesem Zeitpunkt kennt D'Artagnan seine zukünftige Hauptfeindin jedoch noch nicht.

Später wird d'Artagnan bei Monsieur de Tréville (französischer Offizier, 1598-1672), dem Hauptmann der Musketiere, vorstellig. Dieser bewilligt, dass er sich den Musketieren anschließt, kann ihm aber keinen offiziellen Platz in der Garde anbieten, bevor er sich nicht bewiesen hat.

Die erste Begegnung mit den Musketieren lässt kein gutes Einvernehmen vermuten, da d'Artagnan innerhalb weniger Minuten Athos, Porthos und Aramis gegen sich aufbringt. Ein erster Kampf mit den Männern von Kardinal Richelieu findet statt und ist die Folge eines bereits seit langer Zeit bestehenden Konfliktes zwischen der Königs- und der Kardinalsgarde.

Langsam versteht D'Artagnan, dass Verschwörungen hier an der Tagesordnung stehen. Als er erfährt, dass Constance Bonacieux, eine Hofdame der Königin Anna von Österreich (1601-1666) und gleichzeitig die Frau seines Vermieters, von Rochefort entführt wurde, macht er sich auf die Suche nach ihr und befreit sie.

KAPITEL XI – XIX

D'Artagnan überrascht Madame Bonacieux in Gesellschaft des Herzogs von Buckingham (mit richtigem Namen George Villiers [englischer Staatsmann, 1592-1628]), den sie zur Königin bringen will. Der junge Mann stellt fest, dass alle Protagonisten durch ihre Geheimnisse in Bezug auf Liebe und Politik miteinander verbunden sind: Von Constance erfährt er, dass Anna von Österreich eine Beziehung mit dem Herzog von Buckingham führt und dass Richelieu vorhat, dies am Festtag zu verraten, um den Ruf der Königin zu schädigen.

Rochefort informiert den Kardinal, dass die Königin die Diamantspangen, die sie von König Ludwig XIII. (König von Frankreich, 1601-1643) bekommen hat, dem Herzog von Buckingham geschenkt hat. Der Kardinal überzeugt den König, ein Fest zu organisieren, auf dem die Königin die Spangen tragen soll. Dies ist Anna jedoch unmöglich, da diese sich nicht mehr in ihrem Besitz befinden und würde sie dadurch ihres Treuebruchs überführen.

KAPITEL XX – XXIV

Die Musketiere und d'Artagnan treten die Reise nach London an, um die Spangen, die die Königin Buckingham geschenkt hat, zurückzuholen und somit zu verhindern, dass Ihre Hoheit in Ungnade fällt. Als d'Artagnan kommt (die Musketiere sind schlussendlich in Frankreich geblieben), stellt die Königin fest, dass zwei der zwölf Spangen fehlen. Der Herzog begreift, dass Mylady daran schuld ist, die sich ihm auf einem Fest genähert hatte und ihm so die Spangen stehlen konnte.

Buckingham lässt die fehlenden Spangen nachmachen und organisiert die Rückkehr d'Artagnans nach Frankreich. Das Fest beginnt und der Königin fehlen die Spangen. Daraufhin schickt sie der König auf die Suche nach ihnen. Der Kardinal reicht dem König inzwischen die beiden Spangen, die ihm Mylady übergeben hat und die die Königin überführen sollen. Diese erscheint jedoch geschmückt mit zwölf Spangen.

Madame Bonacieux vereinbart schriftlich ein Treffen mit d'Artagnan, der nicht bemerkt, dass es sich dabei um eine Falle handelt. Er wartet vergeblich und macht sich auf die Suche nach seinen drei Freunden. Madame Bonacieux hat jedoch keine Schuld an dem verhinderten Treffen. Richelieu hat nicht nur ihre erneute Entführung, sondern auch die Ermordung ihres Ehemannes angeordnet.

KAPITEL XXV – XXXII

Nach einigen Tagen sind die vier Freunde wieder in Paris vereint. Sie haben nun 14 Tage Zeit, um sich für die Abreise aufs Land für Ihre Majestät zu rüsten. D'Artagnan erkennt, dass Mylady etwas mit dem vermeintlichen Treffen mit Madame Bonacieux und damit auch ihrer erneuten Entführung zu tun hat. Nach einem Duell mit Lord Winter umwirbt er dessen Schwester Mylady und besucht sie täglich.

KAPITEL XXXIII – XL

Als d'Artagnan feststellt, dass die Abgesandte des Kardinals Mylady keine Gefühle für ihn hat und ihn sogar hasst, schwört er, sich zu rächen. Er gibt sich als ihr Geliebter aus, dringt in ihr Zimmer ein und verbringt die Nacht mit ihr. Im Anschluss gesteht er Mylady seine Lüge und entdeckt ihr Geheimnis: Sie ist gezeichnet durch ein Brandmal einer Lilie, dass vom Racheakt eines Henkers zeugt, dessen Bruder sie verlassen hat und der deshalb Selbstmord begangen hat. D'Artagnan erhält das Angebot, in die Kardinalsgarde einzutreten, lehnt es jedoch ab.

KAPITEL XLI – LXVI

Die Musketiere belagern La Rochelle für Frankreich, repräsentiert von Richelieu, gegen die Engländer und vor allem gegen Buckingham.

D'Artagnan entkommt einem von Mylady geplanten Anschlag und trifft seine Kameraden wieder. Die Musketiere suchen die Herberge von Colombier-Rouge auf, wo sie sich sicher fühlen. Von ihrem Zimmer aus belauschen sie durch ein Ofenrohr das Gespräch des Kardinals mit Mylady im Zimmer über ihnen.

Richelieu befiehlt seiner Abgesandten Buckingham zu töten. Diese fordert im Gegenzug dafür den Kopf von Madame Bonacieux und ihrem Liebhaber d'Artagnan. Nach diesen Enthüllungen sind die Musketiere gezwungen, schnell zu handeln. Aramis und Porthos brechen mit Richelieu auf, während Athos Mylady, in der er seine Ex-Frau wiedererkannt hat, droht, alles über sie zu verraten, wenn sie ihm den Freibrief des Kardinals nicht aushändigt. Mylady gehorcht und macht sich am nächsten Morgen auf nach England, um den Herzog zu töten.

KAPITEL XLVII – LVIII

Die Musketiere wollen sich treffen, ohne dass der Kardinal davon erfährt. Sie beschließen daher, ihren Rat in einer umkämpften Bastion abzuhalten. Die Musketiere fassen den Entschluss

Myladys Bruder zu schreiben, um ihn von ihren Absichten in Kenntnis zu setzen, sowie Madame de Chevreuse (mit richtigem Namen Marie de Rohan, französische Herzogin, 1600-1679), der Oberintendantin des Königshauses. Aramis umwirbt sie, damit sie von der Königin Madame Bonacieux' Aufenthaltsort in Erfahrung bringt.

In England angekommen, wird Mylady von Lord Winter gefangengenommen, der seinerseits von den Musketieren gewarnt wurde. Sie bleibt jedoch nicht lange in Gefangenschaft: Schlau wie sie ist, verführt sie die Gardisten und flieht mit deren Hilfe.

Madame de Chevreuse erhält einen Brief und erklärt d'Artagnan, dass sich Constance Bonacieux im Kloster von Béthune (Pas-de-Calais) befindet.

KAPITEL LIX

Der Soldat, den Mylady verführt und mit ihren Geschichten berührt hat, hat die Absicht sie zu rächen, indem er Buckingham tötet. Lord Winter kommt zu spät, um ihn zu retten, aber noch rechtzeitig, um den Mörder gefangen zu nehmen.

KAPITEL LX – LXII

Nun müssen die Musketiere Madame Bonacieux so schnell wie möglich finden. Gleichzeitig macht sich nämlich auch Mylady auf den Weg zum Kloster von Béthune. Als sie dort ankommt, versteckt sie sich bei den Karmeliterinnen und erschleicht sich Informationen von der Äbtissin.

Diese stellt ihr Madame Bonacieux vor. Mylady spricht mit ihr, bis sie ihre Gesprächspartnerin erkennt und erzählt ihr Lügen, sodass die Hofdame glaubt, es mit einer Verbündeten zu tun zu haben. Mylady erfährt jedoch, dass die Musketiere auf dem Weg sind, um Madame Bonacieux zu finden.

KAPITEL LXIII – LXIV

Mylady flüchtet, nachdem sie Madame Bonacieux vergiftet hat. Als d'Artagnan ankommt, liegt diese bereits im Sterben, hat jedoch noch die Kraft, ihm von ihrer Gefährtin, der Gräfin Winter, zu erzählen. Lord Winter kommt ebenfalls an; mit ihm sind es bereits drei (Athos, d'Artagnan und Lord Winter), die Mylady den Tod wünschen. Sie beschließen gemeinsam, sie zu bestrafen und reisen ab, begleitet von einem mysteriösen Mann, den Athos mitgebracht hat.

KAPITEL LXV – LXVII

Die kleine, von Lakaien geleitete Truppe gelangt zu einem abgelegenen Haus, wo sich Mylady versteckt. Sie wird einstimmig für ihre Verbrechen schuldig gesprochen und erhält die Todesstrafe. Der mysteriöse Mann, der sich als der Henker entpuppt, der das Mal auf ihrer Schulter hinterlassen hat, bereitet ihrem Leben ein Ende.

EPILOG

Als der König nach Paris zurückkehrt, wird d'Artagnan in die Musketiersgarde aufgenommen und alle gehen ihrer Wege.

PERSONENANALYSE

D'ARTAGNAN

Der Held des Feuilletonromans wurde von der historischen Persönlichkeit Charles de Batz-Castelmore, Graf d'Artagnan (französischer Kriegsmann, 1610-1673), inspiriert. Ihm ist ein Werk gewidmet, das Alexandre Dumas gelesen hat, bevor er *Die drei Musketiere* geschrieben hat.

D'Artagnan ist ein junger Mann aus der Gascogne, der nach Paris kommt – er wird auf den ersten Seiten des Romans vorgestellt. Er wird mit Don Quijote verglichen und auf eine stereotype Art und Weise beschrieben. Am Beginn des Romans ist er erst 18 Jahre alt – er kommt auf einem alten Bearner Pferd und ist nur mit einem wollenen Wams bekleidet.

Er ist zu alt, um noch ein Jugendlicher zu sein, aber auch zu jung, um als Erwachsener durchzugehen. Er hat ein langes, braungebranntes Gesicht, hervorstehende Wangenknochen, ausgeprägte Kinnmuskeln, intelligente Augen und eine Hakennase. Das einzige, was ihn als Ritter auszeichnet, ist sein Säbel. Der junge Mann versteht erst, dass er lächerlich wirkt, als er an den Hof des Königs Ludwig XIII. kommt, und die Leute dort sieht. Vor allem die Kleidung der Musketiere unterscheidet sich merklich von seiner.

DON QUIJOTE DE LA MANCHA

Don Quijote de la Mancha ist der berühmte Held des gleichnamigen Romans (1605-1615) von Cervantes (spanischer Schriftsteller, 1547-1616). Mit ihm weist die Hauptfigur eines Romans erstmalig in der Literatur nicht die Merkmale auf, die man von ihr erwartet. Obwohl er wenig Heldenhaftes an sich hat, hält er auch heute noch zahlreiche Leserinnen und Leser in Atem. Er ist ein Anti-Held, naiv und idealistisch, hat zu viele Ritterromane gelesen und glaubt, er könnte die Welt auf dem Rücken seines alten Pferdes Rosinante retten. Sein treuer Diener Sancho Panza begleitet ihn stets und kämpft gegen Windmühlen, von denen er denkt, dass sie Riesen seien.

Den ganzen Roman hindurch folgt d'Artagnan den Musketieren, die zur Königsgarde gehören. Nach Myladys Hinrichtung ist er entschlossen, seine geliebte Madame Bonacieux zu rächen. Als sich seine Ausbildung dem Ende zuneigt, hat sich d'Artagnan im Gegensatz zu Don Quijote zu einem wahrlich ritterlichen Helden mit eigenen Wertvorstellungen und glorreichen Taten entwickelt. So wurde auch seine Persönlichkeit legendär.

D'Artagnan repräsentiert den modernen französischen Staat, der mit der Belagerung von La Rochelle (1627-1628) beginnt, als Ludwig XIII. und Richelieu die Stadt der Hugenotten – Franzosen, die im Gegensatz zum katholischen Königshaus Protestanten waren – zurückerobern und damit eine neue Generation begründen. In diesem Punkt hat sich Dumas jedoch etwas künstlerische Freiheit erlaubt: Auch wenn der König tatsächlich siegreich aus dieser nur einjährigen Belagerung hervorgegangen ist, kann der echte d'Artagnan nicht an den Kämpfen teilgenommen haben, da er damals noch zu jung dafür war.

ATHOS

Athos verkörpert die Werte der alten Aristokratie und vertritt dadurch eine überholte Haltung. Um die Bedeutung des Protagonisten zu stärken, dichtet ihm Dumas Besitztümer und wichtige Ahnen, unter ihnen einen Diener von Franz I. (König von Frankreich, 1494-1547), an. Seine Figur wurde inspiriert von Sillègue d'Athos d'Autevielle (1615-1645), einem armen, französischen Musketier. Dessen älterer Bruder erbte den Großteil des Familienbesitzes und wurde bereits in jungen Jahren im Duell getötet.

Athos ist außergewöhnlich gutaussehend und wird als Held dargestellt, der die Kämpfe auf dem Feld überlebt hat. Er ist der meistpräsente Musketier in Dumas Erzählung, da er für d'Artagnan ein Vorbild bzw. einen symbolischen Vater darstellt. Er ist 27 Jahre alt und damit der älteste der vier Freunde. Nichtsdestotrotz hat er, wie alle Musketiere, nicht nur gute Seiten. Seine Neigungen zu Spiel und Alkohol zeugen vom Bild, das Dumas von der damaligen Gesellschaft hatte: Die hohen Werte des Adels gehen langsam verloren. Athos will sich an Mylady, seiner

Ex-Frau, rächen, weswegen er auch den Henker beauftragt.

ARAMIS

Der Ritter von Herblay, genannt Aramis, erinnert an die historische Persönlichkeit Henri d'Aramitz (französischer Abt und Musketier, ungefähr 1620-1674). In Dumas Erzählung ist dieser nicht besonders präsent und steht wie d'Artagnan nicht so nahe. Physisch stellt er das Gegenteil von Porthos dar: Er ist zwischen 22 und 23 Jahre alt, achtet sehr auf sein Äußeres und wirkt zart, von seinem naiven Gesicht angefangen bis hin zu seinen Händen, die er nicht oft zu benutzen scheint. Aramis ist sehr verschwiegen – im Gegensatz zu Porthos, der gerne lebhafte Diskussionen führt.

Er ist gläubig, was an den echten Aramitz erinnert, auch wenn er zum Regelverstoß neigt. Der Ritter hegt Gefühle für Madame de Chevreuse und pflegt einen regen Briefwechsel mit ihr. Sie hilft den Musketieren, Constance Bonacieux zu retten und hält Aramis davon ab, in einen Orden einzutreten, solange ihn die Musketiere noch brauchen.

PORTHOS

Porthos wird inspiriert von der historischen Persönlichkeit Isaac de Porteau (französischer Soldat, 1617-o. A.), der bis 1643 nicht wirklich zur Musketiersgarde gehört hat, und wird als etwas einfältig und kindisch dargestellt. Der Musketier ist groß und erscheint etwas hochmütig. Porthos ist prachtvoll gekleidet und versprüht einen Hauch an Exzentrizität. Im Roman ist er immer hilfsbereit, wird vom Großteil der Protagonisten geschätzt und ist meist guten Mutes.

Porthos ist auf der Suche nach Anerkennung und Prestige. Dumas zeichnet damit das Porträt der machtgierigen Bourgeoisie nach – vornehm, aber eingebildet. Nach der Belagerung von La Rochelle verlässt er die Kompanie, um zu heiraten und in der Provinz sesshaft zu werden.

MYLADY

Mylady ist die weibliche Hauptfigur des Romans. Sie ist vom ersten Kapitel an präsent und beeinflusst das Dénouement der Geschichte – am Ende wird sie von den Musketieren getötet. Mylady wird am Beginn des Buches als junge

Frau zwischen 20 und 22 Jahren beschrieben, mit langen, blonden Locken und blauen Augen. D'Artagnan ist sofort fasziniert von der schönen Frau, die sich allerdings sehr geheimnisvoll gibt. Die Leserschaft erfährt ihre Geheimnisse im Laufe der Geschichte.

Sie gilt gewöhnlich als die Böse, was jedoch relativiert werden muss: Einerseits missbraucht d'Artagnan sie, andererseits wird sie von den Musketieren getötet und zwar nur aufgrund des Urteils ihrer Opfer. Diese Elemente bringen die Leserschaft dazu, sie nicht nur als „die Böse", sondern als ambivalente Figur zu sehen.

CONSTANCE BONACIEUX

Constance Bonacieux ist eine fiktive Person. Sie stellt eine Mutterfigur für d'Artagnan dar und arbeitet als Wäscherin bei Anna von Österreich. Die Frau ist mit Monsieur Bonacieux, dem Vermieter des jungen d'Artagnan, verheiratet. Sie wird entführt und von dem zukünftigen Musketier gerettet, der sich in sie verliebt.

Constance wird von Mylady vergiftet, bevor sie eine Beziehung mit d'Artagnan (ihrem symbolischen Sohn) eingehen kann. So wird eine inzestuöse Beziehung vermieden, die das ihr zugeschriebene Bild der guten Mutter zerstören würde.

INTERPRETATION

DER FEUILLETONROMAN

Entstehung und Charakteristika des Genres

Die drei Musketiere gehört dem Genre des Feuilletonromans an, das auf dem Prinzip „die Fortsetzung folgt in der nächsten Ausgabe" beruht. Im Laufe der Jahre 1830-1840 konnte der Feuilletonroman dank der Entwicklung der Presse sowie großer Zeitungen Riesenerfolge feiern. Das Genre wurde jedoch durch seine populäre Ausrichtung, die durch fallende Zeitungspreise unterstützt wurde, nicht besonders geschätzt.

Dumas war einer der ersten Schriftsteller, die von dieser Art des popularisierten Journalismus profitierten, beispielsweise durch die Publikation von *Die Gräfin von Salisbury* 1836 in *La Presse*. Balzac (französischer Schriftsteller, 1799-1850) genoss die Vorteile dieser Bewegung ebenfalls. Die AutorInnen begannen schnell, sich an das neue Feuilletonformat anzupassen. So entstand das Buch *Die Geheimnisse von Paris* von Eugène Sue (französischer Schriftsteller, 1804-1857), das solch einen Erfolg hatte, dass er zehn anstelle der zwei vorgesehenen Bände schrieb.

Häufig von Sues Roman inspiriert, erschienen in der Folge immer mehr Werke dieses Genres. Dumas *Drei Musketiere* erschien in der Zeitung *Le Siècle* von März bis Juli 1844. Das zweite bedeutende Werk von Dumas, *Der Graf von Monte Christo*, entstand ebenfalls auf der Basis eines Feuilletonromans, der zwischen 1844 und 1846 publiziert wurde.

Schriftsteller wählten diese Form der Publikation, da sie pro Zeile bezahlt wurden und so vom Schreiben leben konnten. Sie mussten sich jedoch auch an einige Regeln halten, die im Roman von Dumas ebenfalls berücksichtigt wurden.

Der Autor musste jeden Tag eine fiktionale Einheit produzieren, die gleichzeitig autonom ist und zu den vorhergehenden und nachfolgenden Episoden passt. Daher unterteilte Dumas seinen Roman in 67 Kapitel, von denen jedes ungefähr 10 Seiten umfasst. Sie unterscheiden sich durch eine Handlungs-, Zeit- und Ortseinheit.

Beispielsweise das Kapitel XII, das im Zimmer des Louvre spielt, wo das Gespräch zwischen der Königin und dem Herzog von Buckingham stattfindet. Thema ist nur diese eine Konversation, die wenige Augenblicke lang dauert. Diese Einheit könnte auch expliziter sein, wie die Kapitel, die von der Gefangennahme von Mylady in England erzählen und jeweils „X. Tag der Gefangenschaft" heißen.

Der Stil der pro Zeile bezahlten AutorInnen kann nicht als schlicht bezeichnet werden. So gibt sich Dumas auch nicht mit einer einzigen Handlung zufrieden, sondern baut mehrere Peripetien ein.

Dumas, der Tag für Tag schreibt bzw. schreiben muss, nimmt regelmäßig Bezug auf Klischees, Stereotypen und gängige Vorstellungen, was langwierige Entwicklungen vermeidet. Mylady wird beispielsweise von d'Artagnan als Tigerin und Panter bezeichnet. Diese Ausdrücke helfen dabei, das Temperament der jungen Frau kurz und prägnant darzustellen. Ludwig XIII. wird einem gängigen Klischee folgend als von seinem Kardinal beherrschter König beschrieben. Aus dem gleichen Grund bevorzugt Dumas einen einfachen Satzbau.

Die Dauer der Publikation zwang den Autor dazu, wieder aufzugreifen, was zuvor passiert war. Der Roman enthält daher eine ganze Reihe an Redundanzen auf Geschichtsebene wie auch auf Begriffsebene.

Einige Erzählverfahren des Feuilletonromans

Mit der täglichen Publikation von einzelnen Kapiteln musste Dumas der Leserschaft Lust auf die Geschichte machen und sie dazu anregen, die Zeitung auch am nächsten Morgen zu kaufen, um sie weiterverfolgen zu können. Aus diesem Grund war die Zufriedenheit der Leserinnen und Leser ausschlaggebend für den Autor. Das zeigt sich auch in der Wahl der Erzählzeit.

Der Rhythmus der Erzählung soll zugleich abwechslungsreich und zyklisch sein. Dumas wechselt zwischen Höhepunkten (sogenannten Paroxysmen) und Verzögerung (sogenannten Latenzen). Während der Verzögerung werden Höhepunkte vorbereitet, diese finden statt, worauf wieder eine neue Verzögerung folgt und so weiter.

Die Episode über die Belagerung von La Rochelle durch die Musketiere stellt beispielsweise eine Verzögerung dar, die die folgenden Episoden vorbereitet, vor allem den Tod von Buckingham. Diesem Höhepunkt folgt eine neue Verzögerung, die vom Weg zum Kloster handelt, in dem sich Madame Bonacieux befindet. Die LeserInnen haben in dieser Phase Zeit, das Geschehene aufzunehmen und sich auf den nächsten Höhepunkt vorzubereiten – den Tod von Madame Bonacieux. Dieses Verfahren wiederholt sich mehrmals im Roman und soll die Leserschaft schonen.

Daneben enthält die Erzählung anstatt von Beschreibungen viele Szenen. Bei einer Szene sind die Dauer der Handlung und die Dauer der Erzählung identisch. Der Dialog ist das beste Beispiel für eine Szene: Die für den Dialog notwendige Zeit entspricht der, die es im Buch für die Erzählung dessen braucht. Dieses Prinzip erlaubt es Dumas gleichzeitig seine Leserschaft in Atem zu halten und sie zu leiten. Er kann ihr beispielsweise zuerst einen Höhepunkt präsentieren und sie danach mit einem Dialog daran erinnern. Die Episode wird den Leserinnen und Lesern somit durch eine andere Erzählform wieder ins Gedächtnis gerufen.

Das Wechselspiel zwischen Szenen und Beschreibungen vollzieht sich von den ersten Seiten des Romans an: nach der Beschreibung von d'Artagnan und dessen Gründen für seine Abreise geht Dumas direkt zum Streit zwischen d'Artagnan und einem Gutsherren, der sich über sein Pferd lustig macht, sowie zur Schlüsselbegegnung mit Mylady über. Kapitel II beginnt mit einer weiteren Beschreibung, bevor es erneut zu einer Handlung kommt.

Man findet mehr Szenen in den Höhepunkten, da die Beschreibungen eher mit Verzögerungen einhergehen. Diese logische Schwankung erlaubt es, die Leserschaft an Dumas Erzählverfahren zu gewöhnen und bewegt sie dazu, den nächsten Höhepunkt mit Spannung zu erwarten.

EIN WERK ZWISCHEN MEHREREN GENRES

Die drei Musketiere ist ein Feuilletonroman. Dumas gelang es, dieses besondere Genre auf die Spitze zu treiben, indem er mit den Erwartungen seiner Leserschaft spielt. Er baut Spannung auf, damit die LeserInnen gespannt die nächste

Publikation erwarten und kombiniert Merkmale verschiedener literarischer Genres.

Der Schelmenroman

Die Struktur der Geschichte mit ihren täglichen Episoden erinnert an den Schelmenroman, der die Abenteuer eines jungen Mannes niedrigen Ranges in Form einer fiktiven Autobiografie erzählt, um damit verschiedene Aspekte der Gesellschaft zu kritisieren. In *Die drei Musketiere* wird der Machtmissbrauch kritisiert, der in allen Schichten praktiziert wird und der die gesamte feine Gesellschaft des französischen Hofes verdirbt – dargestellt vor allem durch die von Richelieu und seinen Bediensteten inszenierten Intrigen. D'Artagnan fängt klein an: Seine ärmliche Kleidung und sein Pferd, auf das selbst Don Quijote nicht neidisch wäre, deuten nicht im Geringsten darauf hin, dass aus ihm noch ein Held werden wird.

Häufig sind die Abenteuer, zahlreichen Reisen und Geschichten in dieser literarischen Form jedoch nicht untereinander verbunden. Dies ist in *Die drei Musketiere* aber nicht der Fall, da der Roman aus einer ganzen Reihe aufeinanderfolgender

Ereignisse besteht. Außerdem entwickelt sich der Held aus dem Schelmenroman nicht weiter, was d'Artagnan jedoch sehr wohl tut und wofür er mit der Aufnahme in die Musketiersgarde belohnt wird.

Der Bildungsroman

Durch die Art und Weise, auf die d'Artagnan sich entwickelt, könnte man den Roman *Die drei Musketiere* auch der Gattung des Bildungsromans zuordnen. Das Genre stammt aus dem 18. Jahrhundert und zeichnet sich durch die Beschreibung der Entwicklung des Protagonisten, von seinen jungen Jahren bis ins hohe Alter, aus.

D'Artagnan wird mit einer ihm unbekannten Welt konfrontiert und hat zuerst Schwierigkeiten, sich an seine neue Umgebung sowie an die Regeln der Musketiere anzupassen – dies wird in der Episode über seine jungen Jahre dargestellt. Er erlebt bald eine ganze Reihe an Abenteuern, die ihn auf seinen zukünftigen Beruf vorbereiten: von der Episode über die Diamantspangen der Königin, über die Entführungen von Madame Bocaux, seine Zusammenstöße mit den Bediensteten von Richelieu, bis hin zur Belagerung von La Rochelle wird er schrittweise zu einem echten Soldaten. Seine Bemühungen werden mit der Aufnahme in die Musketiersgarde belohnt, die für seine Entfaltung und das Ende seiner Lehrzeit steht.

Der historische Roman

Dumas' Roman könnte auch der Gattung des historischen Romans zugeordnet werden, da *Die drei Musketiere* an geschichtliche Fakten angelehnt ist. Der Autor wird von historischen Persönlichkeiten inspiriert und lässt sie in seinem Roman Abenteuer erleben, die sie in Wirklichkeit niemals erlebt haben. Einige Hauptfiguren, darunter Porthos, bekommen nur den Namen historischer Personen und erhalten neue Eigenschaften sowie eine andere Persönlichkeit.

Außerdem schafft der Autor mit Zeit, Ort und Verweisen auf die Realität einen Rahmen, der die Leserschaft in eine andere Zeit zurückversetzt. So wird in den ersten Zeilen die Grundlage dafür gelegt, dass die folgenden Ereignisse glaubwürdig erscheinen. Dumas verlässt den historischen Kontext aber bald, um sich auf die spannenden und romantischen Abenteuer der Musketiere zu konzentrieren. Wichtige historische

Zwischenhandlungen, wie die Angelegenheit mit den Diamantspangen und die Belagerung von La Rochelle, sind teilweise im Roman verarbeitet.

Der Liebesroman

Im Laufe der Geschichte erfährt die Leserschaft auch von den Liebesabenteuern der Musketiere. D'Artagnan wünscht sich eine Beziehung mit der sanften Constance Bonacieux, was typisch für Liebesromane ist. Die Leserinnen und Leser werden jedoch schnell enttäuscht, weil eine solche Beziehung niemals entsteht und der junge Mann Mylady sogar missbraucht. Durch die vielen Wendungen im Roman kann dieser nicht eindeutig der Gattung des Liebesromans zugeordnet werden.

Der Volksroman

Obwohl *Die drei Musketiere* in das Schema des Volksromans zu passen scheint, weist Dumas' Werk nicht alle Charakteristika des Genres auf. Er nimmt beispielsweise Archetypen wieder auf, wie den von den Musketieren verkörperten Retter in der Not oder die unschuldige Verfolgte in Gestalt von Constance Bonacieux, die nichts anderes getan hat, als sich ihrer Königin gegenüber loyal zu verhalten. Eines der Merkmale des klassischen Volksromans sind lange Dialoge, die von kurzen Beschreibungen unterbrochen werden, Dumas bevorzugt jedoch dynamischere Szenen.

PUBLIKATIONS- UND REZEPTIONSKONTEXT DES WERKES

Publikationskontext

Dumas schöpft bei der Schaffung seines Werkes aus der Realität seiner Zeit. *Die drei Musketiere* erschien erstmals 1625 während der Herrschaft von Ludwig XIII. Zu dieser Zeit war der König seit 10 Jahren mit Anna von Österreich verheiratet, sie hatte ihm jedoch bis dahin noch keinen Thronfolger geboren. Ludwig XIV (König von Frankreich, 1638-1715) kam erst 1638 zur Welt. Nach zahlreichen Schlachten konnte Ludwig XIII seine Autorität in Frankreich stärken und begann mit Kardinal von Richelieu zusammenzuarbeiten, der ein Jahr davor von Maria de Medici (Königin von Frankreich und Mutter von Ludwig XIII, 1575-1642) in den Rat eingeführt worden war. Richelieu wurde bald erster Minister des Königs und leistete einen wichtigen Beitrag zu dessen politischen Projekten.

Dumas unterstreicht die Charakterzüge der historischen Persönlichkeiten, die für ihre Rolle in der Geschichte ausschlaggebend sind. So scheint Ludwig XIII ein schwacher Mann zu sein, der den hinterhältigen und manipulativen Richelieu schalten und walten lässt, wie es diesem beliebt. Anna von Österreich wird als wunderschöne Hofdame idealisiert, deren Beziehung zu Richelieu angespannt war (was auch der Wahrheit entspricht).

Sie sind jedoch bei weitem nicht die einzigen historischen Persönlichkeiten, die in dem Werk vorkommen: Der Herzog von Buckingham wurde in der Realität ebenfalls ermordet, wenn auch ohne das Zutun einer Frau (sondern von einem gewissen John Felton). Mylady wurde von Lucy Hay (Hofdame der Königin von England, 1599-1660) inspiriert.

Die vier Musketiere wurden direkt von ihren historischen Vorbildern inspiriert. Die Musketiersgarde des Königs wurde 1622 von Ludwig XIII gegründet und bestand aus bemerkenswerten Männern, die oft aus der Gascogne oder dem Béarn kamen und schon als junge Burschen besonders gefördert wurden. Der Graf von Tréville war ab 1622 Hauptmann der Musketiere und wurde 1634 zum Kommandanten befördert. Er war außerdem mit fast allen Hauptfiguren verwandt: Der echte Athos und der echte Aramis waren Cousins und der echte Porthos sein Schwager. Die Kompanie wurde von Kardinal Mazarin (französischer Staatsmann, 1602-1661) 1646 aufgelöst und bildete sich unter der Herrschaft von Ludwig XIV neu, bevor sie im 19. Jahrhundert für immer verschwand.

Der Musketier Gatien de Courtilz de Sandras (1644-1712) inspirierte Dumas zu seiner Figur des d'Artagnan. Nachdem er bei den Musketieren bis 1680 gedient hatte, begann er vor allem Memoiren zu schreiben. Die *Mémoires de M. d'Artagnan* (1700) sind einem echten Musketier gewidmet, der während Gatiens Dienstzeit Hauptmann war, und inspirierten Dumas zu dessen d'Artagnan.

Die Memoiren und die Korrespondenz aus dem 17. Jahrhundert stellten eine bedeutende Informationsquelle für Dumas Werk dar: Sein Wissen über die Angelegenheit mit den Diamantspangen der Königin stammte beispielsweise aus den *Mémoires* (1622) de La Rochefoucauld.

Rezeptionskontext

Die drei Musketiere wird häufig als lustige, kindertaugliche Geschichte angesehen. Die vorangegangenen Kommentare zeigen jedoch, wie komplex das Werk eigentlich ist. Geschickt folgte Dumas bestimmten Regeln, um sie dann besser umgehen zu können.

Die Unterhaltsamkeit unterstützt zwar die Popularität des Romans bei seinen LeserInnen, schadet jedoch auch gleichzeitig seiner Aufnahme bei den KritikerInnen:

- Einerseits ist das Werk geradezu legendär und jeder kennt die vier Freunde, die gegen Mylady und die Garde des Kardinals Richelieu kämpfen. Die Werte und das Motto der Musketiere sind ebenfalls in den allgemeinen Sprachgebrauch übergegangen.
- Andererseits scheinen sich wenige KritikerInnen für den Text zu interessieren.

Trotz seines literarischen Reichtums erhält der Roman nicht so viel Aufmerksamkeit wie Werke von Balzac.

Der Feuilletonroman wurde 1844 gut aufgenommen. Der Erfolg der *Drei Musketiere* erlaubte es Dumas, Theaterstücke zu schreiben sowie weitere Abenteuer über die vier Freunde. So erschienen 1845 *Zwanzig Jahre danach* und *Der Vicomte von Bragelonne* zwischen 1847 und 1850. Die Hauptidee bestand darin, die vier Musketiere wieder zu vereinen. Dumas führt aber auch neue Protagonisten ein, beispielsweise den Sohn von Mylady und den von Athos sowie Madame de Chevreuse. Er inszeniert außerdem das Leben und Sterben der einzelnen Musketiere – Aramis ist am Ende der einzige, der überlebt.

Die Publikation in Form von Einzelausgaben zeigt, wie erfolgreich *Die drei Musketiere* war, da lediglich Feuilletonromanen, die die Auflagenzahl beeinflussten, später ein zweites Leben in Form eines Buches beschieden war. Das Schicksal des Werkes hing daher von seinem Erfolg ab: Wenn die Leserschaft die publizierten Abenteuer eifrig verfolgte, ging die Geschichte weiter; wenn die Erzählung die Gunst der Leserinnen und Leser nicht gewinnen konnte, wurde sie gekürzt, um Platz für eine andere zu machen.

Es stellt sich aber bis heute die Frage nach dem Autor. Auguste Maquet (französischer Schriftsteller, 1813-1888), Dumas' Co-Autor für *Die drei Musketiere*, wird nicht als Verfasser genannt, da seine Mitarbeit nur schwer feststellbar ist. Es ist zwar sehr wahrscheinlich, dass Maquet einen Teil des Romans verfasst hat, die Justiz schrieb das gemeinsame Werk jedoch nicht Maquet allein zu, sodass dieser schlussendlich gegen eine Ausgleichszahlung auf seine Rechte verzichtet hat.

Die Trilogie der *Drei Musketiere* im Allgemeinen und der Roman im Besonderen erzeugen trotz diverser Unstimmigkeiten einen großen Nachhall. Es gibt zahlreiche Übersetzungen und Adaptierungen, in denen stets d'Artagnan die Hauptrolle spielt. Die Abenteuer und die Werte, die diese ihren HerrscherInnen gegenüber loyalen Protagonisten vermitteln und mit deren Hilfe sie heldenhaft allen Widrigkeiten trotzen, verbreiten sich auch außerhalb des literarischen Universums. Darüber hinaus stehen die berühmten Musketiere für Mut und Freundschaft.

Die drei Musketiere ist geprägt von den Merkmalen des Feuilletonromans, was seinen einfachen Stil, seine Ritterklischees und seine Redundanzen rechtfertigt, und stellt ein bedeutendes Werk in der französischen Literaturlandschaft dar. Seine Zugehörigkeit zu unterschiedlichen Genres erlaubt es, eine große Bandbreite der Bevölkerung mit einer steigenden Anzahl an Geschichten zu begeistern. Der Roman erzählt von 200 Jahre alten Ereignissen und vermittelt Werte wie Freundschaft, Mut und Loyalität, und ist so auch heute noch in aller Munde.

ZUM NACHDENKEN

FRAGEN ZUR VERTIEFUNG

- Dumas nimmt in *Die drei Musketiere* oft Bezug auf Klischees. Nenne einige Beispiele.
- Was hat Dumas Deiner Meinung nach dazu bewegt, die Herrschaft von Ludwig XIII und die Musketiersgarde als Hintergrund für seinen Roman zu nehmen?
- Kann *Die drei Musketiere* trotz seiner Länge und Fülle als gut ausgearbeitetes Werk bezeichnet werden? Begründe Deine Entscheidung.
- Von den ersten Seiten an wird d'Artagnan mit Don Qujiote verglichen. Was ist Deiner Meinung nach das Ziel dieses Vergleichs?
- *Die drei Musketiere* wird von zahlreichen literarischen Genres beeinflusst. Welche stehen in Verbindung mit der Entwicklung von d'Artagnan und warum?
- Woher kommt der Gegensatz zwischen dem Ansehen des Romans beim Publikum und der Geringschätzung mancher KritikerInnen dem Werk gegenüber?

- Wie könnte man den Riesenerfolg von Feuilletonromanen seit 1840 erklären? Welche Publikationsform könnte Deiner Meinung nach heutzutage Erfolg haben und warum?
- Einige Protagonisten können von vornherein der Seite der Guten oder der Bösen zugeordnet werden. Aber sind die Charaktere wirklich so eindeutig klassifizierbar? Begründe Deine Entscheidung.
- Dominique Fernandez, Autor eines Essays über Dumas, sagt über ihn: „Für mich steht Dumas auf einer Stufe mit Balzac und Hugo [französischer Schriftsteller, 1802-1885], und ich möchte, dass er das weiß[1]." („Dominique Fernandez", in dumaspere.com) Was könnte man nach der Lektüre der Abenteuer der Musketiere darauf sagen?
- Finde Gemeinsamkeiten zwischen einem Feuilletonroman wie *Die drei Musketiere* und aktuellen Fernsehserien.

---

1. Übersetzt für derQuerleser.de.

Deine Meinung ist uns wichtig!
Hinterlasse doch einen Kommentar auf der Seite
unserer Online-Buchhandlung
und teile Deine Favoriten in den sozialen
Netzwerken!

DARÜBER HINAUS

HERANGEZOGENE AUSGABE

- *Die drei Musketiere.* Aus dem Französischen von A. Zoller. Deutscher Taschenbuch Verlag: München 2002.

SEKUNDÄRLITERATUR

- *Buchhexe:* „Die drei Musketiere". Zusammenfassung zu „Die drei Musketiere". *Buchhexe.com.* http://www.buchhexe.com/buch/die-drei-musketiere (30.10.2018).

- *Stichtag:* „24. Juli 1802 – Alexandre Dumas wird geboren". *wdr.de.* (24.07.2012). https://www1.wdr.de/stichtag/stichtag6810.html (30.10.2018).

- *Epochen. Absolutismus und Aufklärung. Dumas, Alexandre:* „Alexandre Dumas der Ältere". *Histocouch.de.* https://www.histo-couch.de/alexandre-dumas.html (30.10.2018).

VERFILMUNG

- *The Three Musketeers* (dt. *Die drei Musketiere*). Film von Stephen Herek mit Charlie Sheen, Kiefer Sutherland, Chris O'Donnell. USA, Großbritannien, Österreich 1993.

- *The Three Musketeers* (dt. *Die drei Musketiere*). Film von Paul W. S. Anderson mit Logan Lerman, Matthew Macfadyen, Ray Stevenson. Deutschland, USA, Frankreich, Großbritannien 2011.

derQuerleser.de

Literatur auf den Punkt gebracht!

Die präsentierten Inhalte werden vom Herausgeber überprüft, dennoch übernimmt dieser keine Haftung für die inhaltliche Richtigkeit, Vollständigkeit und Aktualität der vorgestellten Inhalte.

www.derQuerleser.de

ISBN digitale Ausgabe: 9782808011723

ISBN gedruckte Ausgabe: 9782808014113

Pflichtexemplar: D/2018/12603/465

Cover: © Plurilingua

Logo: © Graphicrepublic (Freepik.com) und Plurilingua

In Zusammenarbeit mit Lucile Lhoste für die Personenanalyse von Aramis und das Kapitel „Publikationskontext".

Digitale Aufbereitung: Primento, der digitale Partner der Herausgeber